十二支ふしぎばなし

（全十二話）

上方文化評論家

福井栄一

人間社

まえがき

十二支のいきものたちの十二のふしぎばなしを集めました。
あなたの干支はなんですか。
自分の干支の生きものに関するはなしから
読んでみてください。

目次

第一話

鼠　ねずみ

〈ネズミ科〉

○上下二本ずつある門歯は、一生のびつづけます。このため、絶えずものをかじって、歯をすりへらさないと、えさを食べられなくなってしまいます。そこで家の中の家具や柱などをガリガリかじるものですから、にんげんはおおいに困っています。コンクリートのかべにさえ穴をあけてしまうことがあるそうです。

○地球上にはほ乳類が全部で六千種ほどすんでいますが、そのうち約四割はネズミの仲間です。人家にすむネズミは家ネズミと呼ばれます。ドブネズミ、クマネズミ、ハツカネズミの三種をいいます。

■ 第一話を読むにあたって ■

人間は、自分のことばに責任を持たないといけません。うっかりできもしない約束をしたりすると、あとでおおごとになる場合があります。この話の中の天皇も、騒ぎのあと、おおいに反省したことでしょう。

ねずみになった頼豪（らいごう）

●『平家物語』巻三、『太平記』巻第十五

　ある日、白河天皇は三井寺の僧・頼豪（らいごう）を召し出し、

「皇后が皇子を授かるように、仏さまへお祈りせよ。もしも皇子がうまれたら、ほうびとして、どんな望みでもかなえてやるぞ」

とおっしゃいました。

　そこで頼豪が百日の間、けんめいに祈祷をしたところ、そのかいがあって、皇后は無事に皇子を出産なされました。

　天皇のお喜びはこの上もなく、さっそく頼豪に、

「なにが望みか申してみよ」

とおたずねになられたところ、頼豪は、

「私のおります三井寺に、戒壇（僧を正式に任命する特別な場所）をもうけることをおゆるしいただきたいのです」

と申し上げました。

ところが、天皇は、

「これはこれは、思いもよらぬことを言い出したものだな。てっきり、『僧としての位を上げてくれ』と願い出るのかと思っておった。

よいか、よく聞けよ。

わしがお前に命じて、皇子を授かるように祈らせたのは、きちんと跡継ぎ(あとつ)をもうけ、国のまつりごとに乱れが生じないようにしたかったからだ。

にもかかわらず、もしもここでお前の願いを聞き入れ、三井寺に戒壇をもうけるのを許せば、三井寺と長年あらそっている延暦寺の者たちが怒って暴れ出し、合戦が起きて、天下は乱れてしまうだろう。それだけは避けねばならない」

とおっしゃって、頼豪の願いをお聞きとどけにはなりませんでした。

願いを断られた頼豪はおおいに怒り、すぐさま三井寺へ帰ると堂にこもり、いっさいの食事を絶って、みずから飢え死にしようとしました。

天皇はこのことを聞いて驚き、頼豪の知人を三井寺へつかわして説得にあたらせましたが、頼豪は使者に会いもせず、堂の中から恐ろしい声で、

「むかしから、天子とはうそいつわりを言わぬ者のはず。それが、この程度の望みを断るとは、あきれて物が言えない。私はまもなくこの堂で死ぬが、こうなったら皇子も地獄への道連れにしてやるからおぼえておれ。私の祈りのおかげで生まれた子だから、私が祈り殺しても文句はあるまい。ま

た、なにかにつけて三井寺にたてつく延暦寺の者どもも、けっしてゆるさぬからな」

と叫びました。

使者はあわてて御所へ戻り、天皇へこのことを奏上しました。頼豪が堂の中で餓死したのは、それから間もなくのことでした。

しばらくの後、皇子が病に倒れました。

さまざまな祈祷がおこなわれましたが、まったく効き目がありませんでした。

皇子の枕元には、杖を持った白髪の頼豪の姿がゆめまぼろしのように現れて、人々はおそろしさで震えあがりました。

そして、二十一日後、皇子はとうとう亡くなってしまいました。

これは国の一大事でもありました。皇位を継ぐべき者がいなくなってしまったからです。天皇は、さっそく延暦寺の高僧・良信(りょうしん)を召し出し、次なる皇子の誕生を祈らせました。

やがて、新しい皇子が無事に生まれました。

延暦寺の祈りに守られて、今回はさすがの頼豪の怨霊も、皇子へ手出しができなかったのでしょうか。

ともあれ、皇子は順調に成長し、帝位についた後は堀河天皇とよびならわされました。

一方、頼豪の怨霊ですが、戒壇の件に続いて新しい皇子のことでも、延暦寺の者たちにじゃまをされ、怒り心頭でした。

そこで怨霊は、鉄の牙と石のからだを持つ八万四千匹のねずみへ変化(へんげ)して比叡山へ押し寄せ、延暦

寺の仏像やお経をさんざんに食い破りました。

これには、延暦寺の僧たちもさすがに参りました。ねずみどもを退治する術（すべ）がなかったので、やむなく小さな社（やしろ）をつくって、そこへ頼豪の霊をまつるのが精いっぱいでした。

第二話

丑
うし

牛
うし

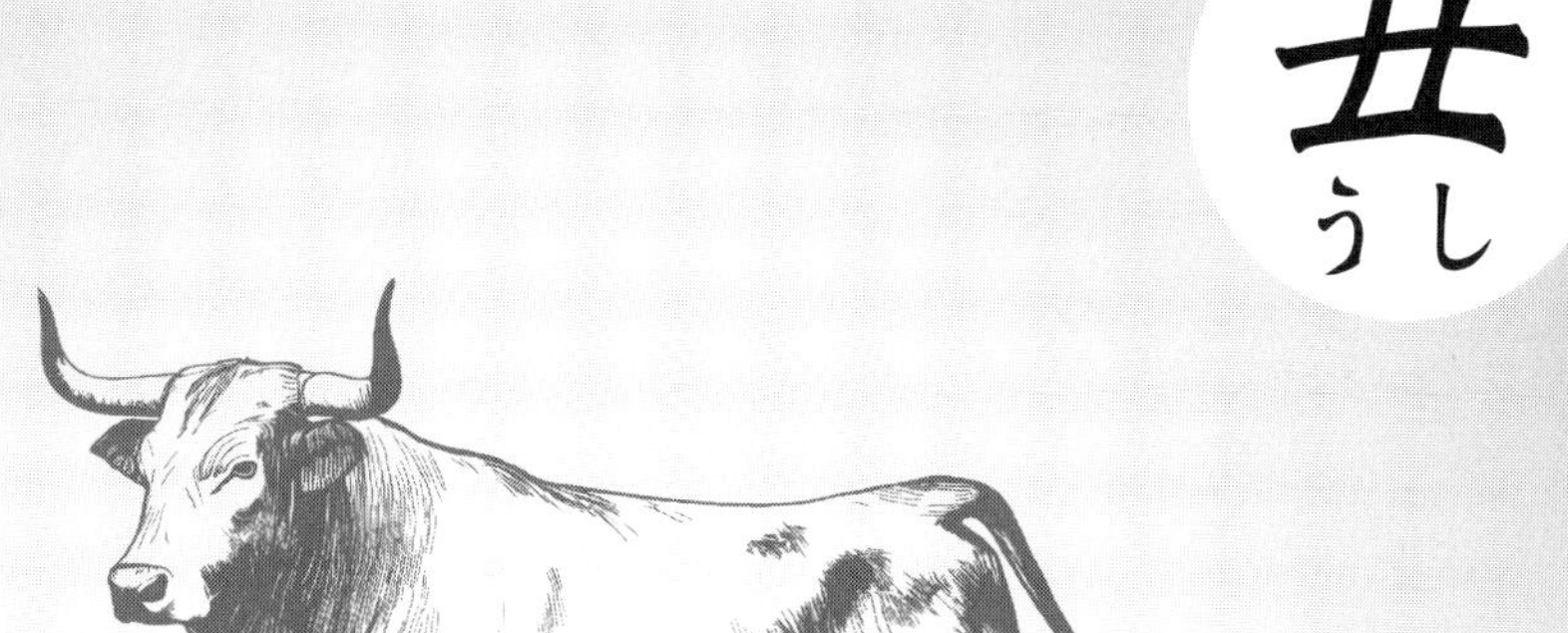

〈ウシ科〉

○おおむかしから、にんげんは牛を家畜として飼いならしてきました。荷物を運ばせたり、田畑で働かせたりしています。また、牛肉や牛乳は、人類の食文化にとって、なくてはならないものです。

○ウシはいつも口の中で食べ物をモグモグしていますが、あれを「反すう」といいます。一度、胃の中へ入れたものを口の中へもどし、だ液と混ぜてよくかみ、ふたたび飲みこんで胃へ送ります。じゅうぶんに消化するためです。四つに分かれた胃には、全部で百八十リットルもの食べ物が入ります。これに対し、人間の胃には約二リットルしか入りません。

■ 第二話を読むにあたって ■

ふたりのえらい坊さんの身に起きた奇跡の物語です。ふだんから厳しい修行を積んでいたからこそ、困ったときに仏さまが手を差し伸べてくれたのでしょう。ふたりとも、輿（こし）や牛車の中で、感謝の思いで手を合わせていたにちがいありません。

なぞの水牛

●『太平記』巻二十四

村上天皇の時代。

色々な宗派の僧たちが集まり、天皇の目の前で仏法の知恵比べがおこなわれることになりました。延暦寺からは慈恵（じえ）、興福寺からは仲算（ちゅうざん）がまねかれました。

さて、当日、仲算は輿（こし）（身分の高い人を担いで乗せる乗り物）に揺られながら奈良から京へ向かいましたが、途中、木津川が増水して渡れず、立ち往生してしまいました。あたりには舟も橋もありません。

すると、みすぼらしい格好の老人がどこからともなく現れて、

「こんな岸辺で、なにを思い悩んでおられるのか」

とたずねました。

仲算が、

「知恵比べのため、京へ向かう途中なのですが、なにせこの水かさなもので……。水がおさまるのを待っているのです」

と答えると、老人はからから笑って、

「川の水は深く、人間の知恵は浅い。水の中にすむ魚や水の上を泳ぐ鳥にさえ及ばぬあなたが、仏法の知恵比べにいどんだところで、いったいなにができるというのだ」と言い放ちました。

老人のことばにはっとした仲算は、にわかに覚悟を決めました。

そして、輿を担いでいた十二人の従者に、

「かまわず水中を進め」

と命じました。

従者たちが、

「ならば……」

と思い切り、水中を担ぎ渡ったところ、あれほど増水していた川の水が左右へさっと割れ、あたりが急に陸地になりました。

おかげで、輿は無事に川を渡りきり、おつきの僧たちが足を水でぬらすこともなかったのです。

一方、慈恵は比叡山のふもとから牛車で京へ向かいましたが、賀茂川もこれまた増水しており、激流が岸辺を打ちつけていました。

従者が牛車を岸に停めて、

「さて、どうしたものか……」

と途方にくれていますと、激流の中からとつぜん一頭の水牛がおどり出て、ぜいぜい息を切らしながら牛車の前に立ちすくみました。

これを見るや、慈恵は、

「車の牛をこの水牛につけかえて、川を渡れ」

と命じました。

従者が言われたとおり、水牛を車につないでひとむち当てたところ、飛ぶように走り出し、車の床を水でぬらすことなく、水上を三十余町（約三・三キロメートル）も駆け抜けました。

その後は陸に上がって走りに走り、御所まで行き着きました。

そして、陽明門の前に至ると、水牛の姿はかき消すようになくなってしまいました。

第三話

虎 とら

寅 とら

〈ネコ科〉

○アジアでは、インド、中国、タイ、マレーシアなどにすんでいますが、日本にはいません。からだの黄と黒のしまもようがトレードマークです。時にはにんげんをおそうことがあるので、現地の人々におそれられています。
しかしその一方、美しい毛皮を得るためににんげんが長い間、たくさんの虎を狩りつづけてきたので数が減り、最近では絶滅が心配されています。

○「百獣の王」といえばライオンですが、「密林の王」といえばトラのことです。密林にすむ動物はほとんどトラのえさになるといっても言い過ぎではありません。トラのからだは狩りに適したつくりになっています。口には六センチほどの長く鋭い牙が生え、かむ力が強いです。前足の力も強く、大きな獣でもこれになぐられると首の骨が折れてしまいます。また、六〜七メートルもジャンプすることができます。

■ 第三話を読むにあたって ■

虎に我が子を殺された父親の悲しみと怒りがどれほどであったか、想像もつきません。また、話の中ではほとんど触れられていませんが、残された母親の様子も気になるところです。

虎に喰われた子

●『日本書紀』巻第十九

百済から戻った者は、天皇にこう申し上げました。

私は妻子をともなって百済へ船で向かいました。

向こうの海岸に到着したときにはすでに夕暮れでしたので、そのまま浜に泊まりました。

ところが、その夜、子どもの姿が急に見えなくなったのです。行方を捜そうとしましたが、あいにくの大雪で身動きがとれません。

そこで夜が明けるのを待って、急いであたりを調べてみましたところ、雪の上に虎の足跡が残っていました。

私はよろいを着て刀を持ち、足跡をたどっていきました。

すると、岩穴へ行き当たりました。虎のすみかにちがいありません。

そこで私は刀を抜き、中にいるであろう虎へ大声で呼びかけました。

「帝の命を受けた私が、妻子をともない、苦労に苦労を重ねて船旅を続け、この地へやって来たのは

何のためか分かるか。すべてかわいい我が子のためだ。我が子を立派に育て上げ、ゆくゆくは自分のあとを継いでもらいたいと願うからだ。

我が子をいとおしいと思う気持ちは、神仏でも人間でも獣でも同じであろう。

昨晩、そのわが子がいなくなり、残された手がかりをたどって、私はここまでやって来た。我が子を襲ったお前をゆるすわけにはいかない。命がけでかたきうちにやってきた。姿をあらわせ」

すると、大きな虎が穴の奥から姿をあらわし、大きな口を開けて私に襲いかかってきました。

私はすばやく左手をのばして、虎の舌をひっつかみました。

そして、右手の刀で、虎を刺し殺したのです。

その後、私は虎の皮をはぎ、それを引っ提げて、このたび帰国しました。

卯（う）

第四話

兎（うさぎ）

〈ウサギ科〉

○耳が長く、後ろ足が前足よりも長い。走ったり跳んだりするのが得意です。草食で、子どもをたくさん産むことでも知られています。肉は食用になります。毛は筆の材料にされます。

○ウサギというと長い耳ばかりが注目されますが、目のはたらきもすぐれています。顔の横のほうに目があるので広く見わたせて、肉食動物の接近にいちはやく気づくことができます。また、自分の真横ばかりか後方も見えているため、敵に追いかけられて走って逃げる際にも背後の敵のようすがわかり、有利です。

■第四話を読むにあたって■

腹鼓をうつのは、たぬきの専売特許ではなかったようです。このはなしのうさぎたちは、私たちがむかしばなしでなれ親しんでいるのとはちがった姿を見せてくれます。

うさぎの腹鼓（はらつづみ）

◉『譚海（たんかい）』巻八

うさぎも腹鼓をうつことがあるといいます。

伊豆国を旅した人がこう伝えてくれました。


伊豆の新左衛門村は、そのむかし、河津氏が治めていたところです。

河津氏は、いまでは三社明神としてまつられています。

一帯は山と谷が入り組んだ地で、うさぎがたくさんすんでいました。

ある年、ひとりの老人が三社明神へお参りして、帰りに山の中を通りますと、なにやら物音が聞こえてきます。

それはまるで、挟箱（はさみばこ）（武士が外出の際に、お供の者に担がせる物入れの箱。長方形で両側に環がついており、そこに長い棒を通して担ぐ）の中に入れられた弓の鈨（つく）（弓の両端の金具）が、箱の内側にあたって鳴る音のようでした。

不思議に思い、音のする方へ行ってみて、びっくり。

数十匹のうさぎが後ろ足で立って円陣となり、前足二本で自分の腹をたたいて音を出していたのでした。

みんなが拍子をあわせて同時にうつので、その音は相当な大きさになってあたりに鳴り響いていました。

老人はしばらくの間、あっけにとられて見ていましたが、ちょうどその頃はすこし風邪ぎみでした。それ故、「音を立ててはいけない、うさぎたちに気づかれてはいけない」と思いながらもがまんできず、ついつい咳ばらいをしてしまいました。

すると、その音に驚いたうさぎたちは腹鼓をうつのをやめ、一目散に林の中へ逃げこんでしまったそうです。

第五話

龍（りゅう）

※十二支の中で、唯一、想像上の生きものです。

○大蛇に似た体形で、頭に二本の角が生え、口には二本のひげがあります。のどもとには、さかさまに生えたうろこがあり、「逆鱗（げきりん）」と呼ばれます。

○ふだんは水中にすんでいますが、時に天空を飛び回り、雨風を起こします。龍が空へのぼる時に起こるのが、竜巻（たつまき）です。雨ごいのまつりの際には、人間が龍に「どうか雨を降らせてください」とけんめいに祈ります。

■ 第五話を読むにあたって ■

「雨が降らないのはお前のせいだ」と人間から濡れ衣を着せられた龍は、どうしたと思いますか。「俺は関係ない」と突っぱねたのでしょうか。「濡れ衣を着せやがって、けしからん」と怒って暴れたのでしょうか。龍のふるまいを見てみましょう。

龍との約束

●『法華験記』第六十七

大和国の某寺にひとりの僧がいました。

長年、熱心に法華経を読誦（声を出して経をよむこと）し、人々に法華経のすばらしさを説いていました。

寺の近くには、一匹の龍がすんでいました。

龍は法華経の尊さに心動かされ、しばしば人間の姿に変化しては、村人たちにまじり、僧が経を講じるのを聞いていたのです。

そうこうするうちに三年が過ぎました。

僧と龍は、親友の間柄となっていました。

ちょうどそのころ、国中がひどい日照りに見舞われ、田畑は干からびて作物は枯れ果て、人々は苦しみのどん底へ追いやられていたのでした。

そこである人が、僧と龍のことを天皇のお耳へ入れました。

天皇はさっそく僧を召し出し、こうお命じになりました。

「聞くところによれば、そちの元へは、龍が経を学びに来ているそうな。ついては、その龍に命じて、一日も早く雨を降らせるべし。もしも拒むようであれば、そのような不届きな龍をこの日本国にすまわせておくことはできないから、ただちに追い出すべし」

僧はこれを聞いておおいに心を痛めましたが、なんとも仕方がありません。

とぼとぼ寺へ戻ると、龍へ正直に打ち明けてみました。

すると、龍が言うには、

「私は、尊い法華経のことをあなたから教わったおかげで、悪業の苦しみから逃れることができています。その恩返しに、命がけでお望みをかなえてみせましょう。

ところで、あなたがた人間はご存じないようですが、今回の日照りは、私たち龍のしわざではないのです。国の仏法の乱れをいましめるために、大梵天様がわざと雨を止めておられるのです。

私は今から天上へ昇り、雨の戸を開いてこようと思います。そうすれば雨が三日間、降ることでしょう。

ただ、そうなれば、無断で勝手なふるまいにおよんだ罰で、私は殺されてしまうでしょう。私が死んだら、その遺骸を埋めた上へ寺を建てて供養して頂けませんか。

また、私がふだんからよく訪れる場所がほかに四か所あります。どうかそこへも寺を建てて、仏の霊地としてください」

こう言い残すと、龍は天へ昇って行きました。

僧はこうしたいきさつを朝廷へ報告しました。

さて、しばらくすると、空が急にかき曇って雷がとどろき、大雨が降り出しました。

それはきっかり三日三晩続きました。

おかげで田畑は豊かな水に恵まれ、その年はそれまでとはうって変わって、豊作となったのです。

僧は約束通り、龍を埋めた場所および言われていた四か所に寺を建て、供養に努めました。

そしてその後も法華経を尊びつつ、修行に明け暮れたといいます。

第六話

蛇（へび）

〈ヘビ亜目（あもく）〉

〇細長い縄のような体形でおなじみです。足は長い年月の間に退化して、なくなってしまいました。体の表面はうろこでおおわれています。おなかのうろこは「腹板（ふくばん）」と呼ばれ、足がない代わりにこれを動かして進みます。

〇獲物を呑む際には、口が驚くほど大きく開きます。コブラ、マムシ、ハブなど、口中に毒の牙を持つ種もあり、もしもかまれた場合、手当てが遅れると命を失うこともあります。世界にいる三千種近いヘビのうち、毒を持つのは六百五十種ほどです。

■ 第六話を読むにあたって ■

大洪水に見舞われ、濁流の中をひとりで流されていくだけでも恐ろしいのに、そのうえ、全身になにものかがまとわりついたら……。考えただけでもぞっとします。このはなしの中の男は、相当、神経の図太い人だったのでしょう。

全身にまとわりつくものは何か

●『発心集』巻四第九

むかし、武蔵国の某川の堤が切れ、一帯の村々が大洪水に襲われました。

村の頭（かしら）であった男の家でも、水がみるみる天井の高さまで上がってきました。そのままではおぼれ死んでしまうので、男は家族や使用人ともども梁（はり）までよじのぼり、ついには屋根板を押し分けて屋根の上へ出ました。あたりは大海原のように、水でおおわれていました。

「さて、どうしたものか……」

と思ううち、水流のせいで家はゆらゆらと揺れ始め、しまいには柱が抜けたとみえて、そのまま いかだのように流されていきました。

これを見て、使用人が言うには、

「このままここでじっとしていては駄目です。海まで流されてしまったら、激しい波に見舞われて、この家はこっぱみじんになってしまいます。いちかばちか、水へ飛びこんでみましょう。運が良ければ、頑張って泳ぐうちに、浅瀬が見つかるかも知れません」

これを聞いた男が、

「なるほど、そうかも知れない」

と考え、思い切って飛びこむようなそぶりを見せると、妻子は、

「ここから水へ飛びこむなど、怖くてできるはずがありません。あなたは私たちを見捨てて、おひとりで行ってしまわれるのですか」

と泣き騒ぎました
かわいそうだが、こうなっては、男には全員を助けてやる術（すべ）もありません。男はつらい思いをふりきって、使用人の男とともに濁流へ飛びこんだのでした。

飛びこんでしばらくの間は、二人で声をかけあってたがいの居場所を確認していたのですが、なにせ流れが速いので離れ離れになってしまい、いまや男はひとりぼっちで流されていました。

「疲れて、手足に力が入らない。このまま流されて、もうすぐおぼれ死んでしまうのだろう」

と弱気になり、

「いかなる罪のむくいで、このようなひどい目にあわねばならないのか」

と嘆きながら漂ううちに、白波の中に、どことなく黒っぽいところが見えてきました。

「もしかすると、陸地かもしれない」

と思い、残り少ない力をふり絞って泳ぎ寄ってみますと、それは陸地ではなく、流れ残った葦（あし）の葉のかたまりでした。

「よし、これにつかまって、すこし休もう」

と、男はそのかたまりにしがみつきました。

するると……。

しばらくしますと、手足にやたらとまとわりついてくるものがあります。

不思議に思ってまさぐってみますと、なんとそれは大蛇の群れでした。

水に流されていたたくさんの蛇たちが、わずかばかりの葦のかたまりに順々に引っ掛かって大きな群れとなっていたのでしょう。

そこへ、そうとは知らない男がしがみついてきたので、からみつくものができたのをさいわいに、いっせいに巻きついてきたのでした。

気味が悪く、いとわしいことは言うまでもありませんでした。しかし、男にはもはやそれらを払いのける体力も気力も残っていなかったのです。空は墨を塗ったように真っ暗で星ひとつ見えず、あたり一面は水におおわれて白波がうず巻いていました。

地獄の責め苦とは、きっとこういうことをいうのでしょう。

その後、流れ流れていくうち、仏神の助けというべきか、ようやくのことで、ちょっとした浅瀬にたどりつきました。男はそこに立つと、全身に巻きついた大蛇の群れを狂ったように引き離しました。

そうしてしばらく休むうち、東の空がしだいに明るくなってきたので、うっすら見えてきた山を目印にして泳ぎ進み、なんとか陸地へ着いたのでした。

第七話

午
うま

馬（うま）

〈ウマ科〉

○長い首と顔、たてがみなどが特徴です。古くから、にんげんは馬を家畜として飼いならし、背に乗ったり、荷物を運ばせたり、田畑で働かせたりしています。なお、馬肉を好んで食べる地域もあります。

○目のはたらきも悪くはないのですが、まわりのようすを知るには、目よりも耳がかつやくします。左右の耳は別々に動きます。喜んだり、気が立ったり、驚いたり……と、ウマの感情は耳の動きにあらわれます。ちょうど、イヌの尾のようなものです。

■第七話を読むにあたって■

なにごとも、突き詰めていくと、奥が深いものです。ここでは、乗馬の道に長（た）けた人たちの金言を集めてみました。人生全般にも当てはまりそうな教訓が詰まっています。

馬に乗る人、落ちる人

●『徒然草』第百四十五、百八十五、百八十六段

秦重躬は、下野入道信願に対して、

「落馬の相が出ておりますから、お気をつけなされい」

と言っていましたが、信願は本気にせず、聞き流していました。

ところが、ほどなく信願は本当に落馬して死んでしまいました。

その道に通じた人の言うことは、神のことばのようにまちがいのないものだと人々はほめそやしました。

ある人が、

「どうしてお分かりになったのですか」

とたずねたところ、重躬は、

「鞍にまたがった際に尻の据わりが悪いにもかかわらず、気性の荒い馬に乗るのがお好きとうかがっていましたから、遅かれ早かれ落馬なさるだろうと思い、警告したまでです。造作もないことですよ」

と答えたそうです。

ところで、陸奥守（むつのかみ）・安達泰盛（あだちやすもり）という人は、並ぶ者なき乗馬の達人でした。

従者が馬を引き出してきたとき、馬が両足をそろえて敷居をひらりと飛び越えたのを目にするや、

「こいつは気性が荒い馬だから、乗るのは遠慮しよう」

と見抜き、すぐに鞍を置き換えさせて、別の馬に乗ったといいます。

また、足を伸ばしたまま敷居にぶつけてしまう馬を見ると、

「このように愚鈍な馬は、きっとまちがいをしでかすに決まっている」

といって、これまた乗ろうとしなかったのでした。

乗馬の道に精通していたからこそ、馬選びも、これだけ慎重で用心深かったのでしょう。


また、かつて、吉田という馬乗りはこう言っていました。

「およそ馬というのは、気の強い生きものです。人間がいくら力んで挑んでも、思い通りになるものではありません。

ですから、乗ろうとする馬をよくよく観察して、長所・短所を見極めないといけないのです。

それから、鞍などの馬具の具合をしっかり確かめて、すこしでも危なっかしく、気になるところがある場合には、乗ってはいけません。

こうしたことを守ってはじめて、乗馬の資格があるというものです」

第八話

羊 ひつじ

〈ウシ科〉

○多くの種がうず巻き状の角を持ちます。体は長くやわらかな巻き毛（羊毛）でおおわれています。にんげんはそれを利用して毛織物をつくります。また、肉･乳･皮なども利用されるなど、にんげんとのかかわりがきわめて深いどうぶつです。

○ヒツジは群れて暮らす性質があるので、たくさんのヒツジを放牧して飼いたい人間には好都合です。ただし、山野でそのまま放牧するとオオカミなどのえじきになってしまうので、人間は犬にヒツジの番をさせます。それが牧羊犬（ぼくようけん）です。

■ 第八話を読むにあたって ■

羊に着せられた濡れ衣のせいで、下女は主人の信用を失ってしまいました。律義な性格だっただけに、くやしさも並大抵ではなく、羊への怒りは大きかったことでしょう。まさかそのことがこれほどの悲劇を生むとは……。

下女と羊

●『雑宝蔵経』

むかし、ある屋敷でひとりの下女が働いていました。

生まれついての律義者で、日々、主人のために、麦と豆を炒る仕事を受け持っていました。

ところで、この家には一頭の羊が飼われていました。

羊は麦や豆が大好物でしたので、下女のすきをうかがっては、麦や豆を盗み食いしていました。

このため、できあがった麦や豆は、しばしば頼まれていたよりも量目が減ってしまい、そのたびに、主人は下女を叱りつけました。主人は盗み食いの犯人を下女だと思っていたのです。

こんなことが続くうち、下女は主人の信用をすっかり失ってしまいました。

ですから、下女は羊をひどく憎み、ことあるごとに杖でひっぱたきました。

そうなると、羊だってだまっていません。腹を立てた羊は、下女を角で突いて反撃しました。下女と羊のいがみあいは、どんどん激しさを増していきました。

さて、そんなある日。

羊がふと下女の方を見やりますと、ちょうど下女は料理中で火を扱っていて、いつもの杖を手にしていませんでした。

「しめしめ、日ごろのうらみを晴らすのは今だ」

と思った羊は、勢いよく下女へ突進して行きました。角で思いっきり突いてやろうと思ったわけです。

すると、下女はとっさにそばの薪（まき）を取り、羊の背中へ押しつけました。

薪の火は、羊の背へ燃え移りました。

その熱いことといったら！

耐えかねた羊が、鳴きながら、ところかまわず跳ねまわり、走りまわりましたので、

火は村のそこかしこへまき散らされ、たちまちあたりは火の海になりました。

この火事で村人が大勢、犠牲になったうえ、火は近くの山野まで焼きつくしました。

ちなみに、その山には数百匹の猿がすんでいたそうですが、この火事でのこらず焼け死んでしまったそうです。

天人たちは、地上のこのありさまを見て、こう言って嘆いたそうです。

うらみとあらそいのあるところ、
悲劇は中途で終わらない。
羊と下女のいさかいが、
村人と猿どもを滅ぼした。

第九話

猿（さる）

〈サル目（もく）〉

○顔と尻が赤く、木のぼりが得意です。にんげんにつぐ知恵を持つ、かしこいどうぶつとして知られています。「猿も木から落ちる」「犬猿の仲」など、ことわざや故事成語にもよく登場します。

○赤い尻や顔とならんで有名なのが、ほお袋です。口に入れた食べ物をいったんここへためこんでおいて、安全な場所へ移動してからゆっくりと食べることができます。
なお、ほお袋は、ハムスター、シマリス、カモノハシにもあります。

■ 第九話を読むにあたって ■

むかしの人は、天体や気象現象、動植物の動向などをよく観察し、そこに未来からのメッセージを読み取ろうとしました。ここでは、猿にまつわる奇怪な現象をふたつ、挙げておきます。

猿の予言

◉『日本書紀』巻第二十四

皇極天皇三年のことです。

ある男が、三輪山の山中で昼寝している猿を見つけ、起こさぬように気をつけながら、こっそりと腕をつかみました。

すると、その猿は眠ったまま、こんな歌を詠みました。

向(むか)つ峰(を)に　立てる夫(せ)らが　柔手(にこで)こそ
わが手をとらめ　誰(た)が裂手(さきで)　裂手そもや
わが手(て)取(と)らすもや

（向こうの山に立つあのお方の柔らかな手ならば、
私の手を取っても　構いません。しかし、荒れてひび割れた手に取られるのは、
ご免です）

男はこれを聞いて驚き怪しみ、猿の手を放して立ち去ったそうです。

数年後、山背大兄王（聖徳太子の子）が生駒山で蘇我氏に包囲される事件が起こりましたが、猿の歌はそれを予言したものと思われます。

また、皇極天皇四年春には、こんなことも起こりました。

丘の峰や川辺、それに宮殿と寺院の間などに、なにやら見え隠れするものがあるのです。どうやら、数十匹の猿の群れらしく、うめき声が聞こえてきます。

「妙なこともあるものだ」

と思って近づきますと、あたりには何も見えません。

しかし、鳴き声だけははっきり聞こえてくるのでした。

ある人は、

「あれは伊勢大神のおつかわしめにちがいない」

と言いました。

「この年に京が難波へ移され、板蓋宮が廃墟となることの前兆だ」という人もありました。

第十話

鶏 にわとり

酉 とり

〈キジ科〉

○おおむかしから、にんげんに飼いならされています。翼は小さくて、飛ぶのは得意ではありません。にんげんとのかかわりがあまりにも長く深いため、単に「とり」というと鶏(にわとり)をさすことが多いです。

○暗いところで目が見えにくいことを「とり目(め)」というように、ニワトリは暗いところでは目がききません。また、明るいところでも他の鳥にくらべると、視力はよくないようです。鳥類では約 2.0 ～ 4.0 くらいの視力はめずらしくないのですが、ニワトリは約 0.07 くらいとされています。ちなみにハトは、0.5 くらいです。

■ 第十話を読むにあたって ■

「殺生を重ねると、死後には地獄へおちて、恐ろしい責め苦を受ける」というのは、お経や僧がしばしば説くところです。皇帝にまでのぼりつめた人物ですら、そうした定めからは逃れらないのですね。

卵を食べた報い

●『今昔物語集』巻第九、第二十七

今は昔、北周の武帝は卵が大好物で、食事のたびにたくさん食べました。

それ故、生涯で食した卵の数の合計は、相当なものになったと思われます。

さて、北周が隋の文帝に滅ぼされた後、かつて武帝の食事係だった男が急死しました。

ところが、胸のあたりが生温かいままでしたので、家族が不思議に思い、遺骸を葬らずにおきました。

すると、三日後に突如よみがえり、

「国王にお目にかかって、どうしても申し上げねばならぬことがある」

と騒ぎ立てました。

このことはすぐに文帝の耳に入り、男はさっそく召し出されました。

男は文帝へ次のように奏上したのでした。

私が死ぬと、ある者が迎えに来て、大きな穴の入り口まで連れて行ってくれました。そこでしばらく待っていますと、騎馬百余騎に守られて、貴人が現れました。

それはなんと、私がかつてお仕えしていた武帝さまでした。

武帝さまは私に、

「お前にはなんの罪もないから安心せよ。お前に来てもらったのは、いまから見聞きすることを娑婆の者たちに伝えてほしいからだ。とにかくついて来い」

とおっしゃって、穴の奥へ進まれましたので、私もつき従いました。

穴の奥には巨大な城郭がそびえていました。

門をくぐり、庭へと進みますと、武帝さまがいまひとりの貴人と同座していました。

それはどうやら冥界の王であるらしく、武帝さまもずいぶん敬っておられるように見受けられました。

私が拝礼を済ませますと、王は、

「お前は長らく武帝の食事係を務めていたらしいが、食膳に供えた卵の数はどのくらいであったか申してみよ」

とおっしゃいました。

私が当惑しながら、

「数をお訊ねになられましても、いちいち記録をつけていたわけではございませんので、申しわけないですが、お答えしかねます」

と申し上げますと、王は武帝さまの方へ向き直り、

「聞いての通り、記録がないそうな。となれば、武帝よ、そなたには、いままで食べた卵を、ここで全部吐き出してもらうほかない。それを数えることに致そう」

とお告げになりました。

これを聞くと、武帝さまは悲しそうな表情で立ち上がられ、庭へ下りられました。

やがて、数十人の牛頭人身の地獄の獄卒（罪人を責める鬼）たちが大きな鉄板を持ってあらわれ、庭先へ据えつけました。

引っ立てられた武帝さまは、その鉄板の上へうつ伏せになられました。

すると、どうでしょう。

獄卒たちは鉄材で武帝さまの身体をぐいぐいと圧したのでした。

そのすさまじい力に耐えきれるはずもなく、武帝さまの両脇は裂けてしまいました。

とその途端、裂け目からは次々と卵が転がり出ては積み重なり、あれよあれよという間に堆く積もって、小山が築かれました。

王は家臣に命じて、その数を確認させました。

確認が終わりますと、鉄板も獄卒も瞬時に消えてなくなりました。

武帝さまは立ち上がり、とぼとぼと元のところへ戻りました。

王は私に、

「お前はもう帰るがよい」

とおっしゃいました。

この言葉が終わらぬ間に、例の者がどこからともなく現れて、来る時に通ったのと同じ穴へ私を連れて行こうとしました。

武帝さまは私のそばへ寄ると、こうおっしゃいました。

「お前は娑婆の者たちに、今日見た私の姿を伝えてくれ。私は生前、仏法を滅ぼし、殺生を重ねた報いで、こうして苦しんでいる。だから、文帝に私の供養をしてくれるように頼んで欲しいのだ。供養をしてもらえたら、この責め苦から逃れることができる」

そうこうするうちに、私はよみがえったのです。

文帝は男のはなしを聞いて、武帝をたいそう哀れに思われ、さっそく追善供養を営まれたといいます。

第十一話

〈イヌ科〉

○古くから、にんげんは犬を飼いならし、番犬・狩猟犬・軍用犬・警察犬などとして働かせてきました。嗅覚や聴覚がするどいどうぶつです。自宅で飼い、家族の一員としてかわいがる人が世界中にたくさんいます。

○ウマの耳の動きにも似て、イヌの感情は尾の動きにあらわれます。内部の神経とたくさんの筋肉がその複雑な動きを支えています。
なお、寒い場所で寝る際にはからだを丸めたうえ、尾で顔をおおって寒さを防ぐこともあります。

■ 第十一話を読むにあたって ■

山中の危険は、前後左右、四方八方、いろいろなところからやって来ます。大自然の中では油断大敵です。狩人としてそれを十分に分かっていたはずなのに、このはなしの中の男は、思いもよらない危難にあいます。それを救ってくれたのは……。

忠犬の命拾い

●『今昔物語集』巻第二十九、第三十二

今は昔、陸奥国に住む男が、愛犬数匹を連れて狩りのために山へ入りました。

男は、巨木の幹に空いた洞(ほら)をねぐらにして、山中で数日を過ごしました。

そんな、ある夜。

いつものように、洞の前でたき火を焚き、男は洞の中で、犬たちはたき火のまわりで寝入っていたのですが、犬たちの中でも長年飼いならした、特に賢い一匹だけが急に起きて駆け出し、洞の壁によりかかるようにして寝ている主人に向かって、けたたましくほえたてました。

男は驚いて目を覚まし、左右を見渡しましたが、べつに怪しいものはありません。ところが、犬はほえ続け、興奮していて、いまにも男へ飛びかかりそうな勢いです。男はやむなく刀を抜いて脅しながら、静かにするように命じましたが、犬はいっこうになきやみませんでした。

男は、

「長年かわいがってやったのに、なんというやつだ。誰も見ていない山中のことだから、それに乗じて俺を喰い殺すつもりか」

と怒りましたが、それと同時に、

「狭い洞の中にいては、飛びかかられた時に逃げ場がない。これはまずいぞ」

と思い、すばやく洞の外へ飛び出しました。

とその瞬間、犬がなにかへ飛びかかって、がぶりと喰いつきました。

男が、

「俺でないのなら、いったい何にかみついたのだ？」

と思いながら洞の外へ転がり出ますと、頭上からなにか大きくて重いものがどさりと落ちてきました。

よく見れば、長さが二丈（約六メートル）もある大蛇でした。大蛇は頭を犬にがっつりと喰いつかれ、たまらず地面へ落ちてきたのでした。

男は刀を抜いて、大蛇を切り殺しました。

大蛇が死んで動かなくなったのを確かめてからようやく、犬は大蛇から離れました。

大蛇は、洞のある巨木の梢の方にすんでいたのでしょう。

そうとは知らない男が洞で寝ていたので、大蛇は男を呑もうとして、幹や枝をつたって下までおりてきたのでした。犬はそれにいち早く気づいて、ほえ騒いでいたのでした。

一方、男は頭上までは確認しなかったので大蛇の存在に気づかず、てっきり犬が自分を襲おうとしていると思いこんだのでした。勘違いして、あやうく大事な犬を切り殺してしまうところでした。もしそうしていたら、どんなに後悔しても足りなかったでしょう。

夜が明けて、仕留めた大蛇の大きさをあらためて見るにつけても、

「せまい洞にいる間にこいつに襲われていたら、ひとたまりもなかったな」

とあらためて恐ろしさに身をふるわせました。

と同時に、危難を救ってくれた例の犬に心の底から感謝しながら、男は犬たちを引き連れて、村へ戻って行きました。

第十二話

猪（いのしし）

〈イノシシ科〉

○たんに「しし」と呼ばれることもあります。首が短く、ずんぐりとした体型で、長く、するどい牙を持っています。肉がおいしいことでも有名で、猪の肉を使った鍋料理は「ぼたん鍋」と呼ばれます。

○イヌに負けないくらい鼻がききます。このため、イノシシをねらう猟師は、タバコや整髪料など、強いにおいのするものを身から避けた後に山へ入ります。
なお、長い鼻を使い、石などを押し上げることができます。オスだと七十キロくらいの物でも平気で動かせるそうです。

■第十二話を読むにあたって■

陰謀の犠牲になった王子もかわいそうですが、事件の巻き添えになって命を落とした后たちもお気の毒です。王宮というところは、思いもよらぬことが起こる、恐ろしい場所ですね。

身代わりの猪

●『今昔物語集』巻第三、第四

今は昔、天竺の阿育王（あいくおう）には、八万四千人の后がいましたが、王子がひとりもいませんでした。

「跡継ぎとなる王子が欲しい」

と願っていましたところ、ほどなく、特にお気に入りの第二后のお腹に子が宿りました。

王はたいそう喜び、占い師を召し出して、生まれて来る子どもが男か女かを占わせました。すると、占い師は、

「金色の光を放つ王子がお生まれになることでしょう」

と答えました。

これを聞いた王は狂喜して、ますます第二后ばかりを愛されるようになりました。

さて、こうした状況を特に苦々しく思っていたのは、第一后でした。

第二后の出産が近づいてきて、

「もしもあの女が、占いの通りに金色に輝く王子を産んだら、私は一生、あの女の風下に立たなければいけなくなる。そんなことは絶対にいやだ」

との思いを強くした第一后は、恐ろしい計画を立てました。

第二后に仕える乳母をうまく言いくるめて味方につけ、もしも王子が生まれたら、同じ時期に生まれた猪の子とすり替えるように手配したのでした。

そして、いよいよ出産の日、第二后は占いの通り、金色の光を放つ元気な王子を出産しました。

ところが、第一后から命じられたがまま、乳母が王子と猪の子をすり替えたので、王が生まれた子に会いに来たとき、布にくるまって寝ていたのは、人間の男児ではなく、猪の子でした。

これには王も驚きあきれ、

「これほど奇怪で恥知らずなことがあろうか」

と怒って、第二后をよその国へ追放してしまいました。

第一后は、

「しめしめ、うまくいった」

とほくそえんでいました。

さて、数か月後。

王が山里へ出かけた折、林の中で、悲しい表情をした、なにやらいわくありげな女を見かけました。どうも気になって召し出してみますと、なんと以前に流罪にした第二后でした。

急にあわれに思えてきた王が、猪の子を産んだ一件をいま一度問いただしてみますと、第二后は、

「私が猪の子を腹に宿すわけがございません。それに、金色の王子を産み落としたことは、あの時、

この目ではっきりと見ました。それが、王とのご対面の折には、猪の子にすり替わっていたのでございます。きちんとお調べになれば、真相が明らかになるはずです」

と涙ながらに訴えました。

そこで、城へ戻った王があらためて調べてみたところ、すべては第一后の恐ろしい計略だったことが判明しました。

王は、

「私が愚かであったばかりに、金色の光を放つ大事な王子は生まれなかったものとして人知れず始末され、罪もない第二后は罰せられて苦しい日々を送っていたのだ」

と気も狂わんばかりに後悔しました。

そして、ただちに第二后を城に呼び戻して復位させ、他の八万四千人の后たちについては、激怒のあまり、罪のあるなしにかかわらず残らず処刑してしまったのでした。

ただ、怒りがある程度さめて、よくよく考えてみますと、あまりに多くの人間の命を奪ってしまった罪の意識が重くのしかかってきました。

王は耐えきれず、ひとりの羅漢（聖者）にそのことを尋ねてみました。

すると羅漢から、

「命を奪った后の数だけ塔を建てて、供養をなさい。それが死後の地獄の責め苦を免れ得る道です」

と勧められましたので、王はそのことばどおり、八万四千の塔を建てたのでした。

あとがき

十二支の生きものは、いろいろな分け方ができます。

たとえば、実在するものと想像上のもの、日本にすむものとすまないもの、家畜にされているものとそうでないもの、人気のあるものとないものなど。

そうしたことを念頭におきながら、本書に書かれたはなしを読んでみるのも、きっと楽しいと思います。

本書をきっかけに、みなさんが十二支の生きものにもっともっと関心を持ってくださったら、うれしいです。

出典解説（書名の五十音順）

○『今昔物語集（こんじゃくものがたりしゅう）』

説話集。編者未詳。成立は十二世紀前半か。インド・中国・日本の仏教説話や世俗説話を多数収め、後代の文藝にも大きな影響を与え続けている。

○『雑宝蔵経（ぞうほうぞうきょう）』

仏教典。北魏（三八六〜五三四年）の吉迦夜（きっかや）等による訳。釈尊の逸話や因縁譚等を記し、『今昔物語集』などにも大きな影響を与えた。

○『太平記（たいへいき）』

軍記物語。南北朝時代から数度にわたって書き改められ、一三七〇年ごろに現在の形になったか。作者未詳。

○『譚海（たんかい）』

随筆集。津村淙庵（つむらそうあん）著。寛政七（一七九五）年自跋あり。政治、文学、社寺、名所など多岐にわたる内容の見聞録。

○『徒然草（つれづれぐさ）』

随筆集。吉田兼好（よしだけんこう）著。十四世紀半ばの成立か。鴨長明『方丈記』、清少納言『枕草子』と並び、日本の三大随筆と称されている。

○『日本書紀』

歴史書。養老四（七二〇）年、舎人親王らによる撰。神代から持統朝までの記事を収めている。漢文・編年体で記される。

○『平家物語』

軍記物語。作者未詳。鎌倉時代中期ごろの成立か。もともとは、琵琶法師による「語りもの」である。

○『法華験記』

仏教説話集。十一世紀半ばの成立か。天台僧・鎮源撰。法華経の功徳を説き、高僧たちの霊験譚等を記している。

○『発心集』

仏教説話集。鴨長明編著。建保四（一二一六）年以前の成立か。高僧伝・発心譚などが記され、後の『太平記』などにも大きな影響を与えた。

著者略歴

福井栄一　（ふくい えいいち）

上方文化評論家。四條畷学園大学客員教授。1966年大阪府吹田市生まれ。京都大学法学部卒。京都大学大学院法学研究科修了。法学修士。関西の歴史・文化・芸能に関する講演を国内外の各地で行い、テレビ・ラジオ出演も多数。『十二支妖異譚』（工作舎）、『大阪人の「うまいこと言う」技術』（PHP研究所）、『増補版 上方学』（朝日新聞出版）など、著書は40数冊にのぼる。剣道2段。
http://www7a.biglobe.ne.jp/~getsuei99

本文挿画：小島伸吾

十二支ふしぎばなし

二〇二四年三月二八日　初版第一刷発行

著　者　福井栄一

発　行　樹林舎
〒四六八―〇〇五二
名古屋市天白区井口一―一五〇四―一〇二
電話番号（〇五二）八〇一―三一四四

発　売　株式会社 人間社
〒四六四―〇八五〇
名古屋市千種区今池一―六―一三
今池スタービル二階
電話番号（〇五二）七三一―二一二一

印刷製本　モリモト印刷株式会社

ISBN 978-4-911052-11-2